한밤의 트램펄린

창비시선 497

한밤의 트램펄린

초판 1쇄 발행 / 2024년 1월 26일

지은이 / 남길순
펴낸이 / 염종선
책임편집 / 김가희 박문수
조판 / 박지현
펴낸곳 / (주)창비
등록 / 1986년 8월 5일 제85호
주소 / 10881 경기도 파주시 회동길 184
전화 / 031-955-3333
팩시밀리 / 영업 031-955-3399 편집 031-955-3400
홈페이지 / www.changbi.com
전자우편 / lit@changbi.com

한밤의 트램펄린

남길순 시집

창비

차
례

제1부 · 문학을 쓸고 문학을 닦고

제1부

문학을 쓸고 문학을 닦고

복희

복희야,
부르는 소리가 들린다

차가운 바닥에 앉아
주인을 기다리고 있던 개가 일어선다

개가 걷고
소녀가 따라 걷는다

호수 건너에서 오는 물이랑이 한겹씩 결로 다가와
기슭에 닿고 있다

호숫가를 한바퀴 도는 동안
내 걸음이 빠른 건지 그들과 만나는 거리가 조금씩 좁혀
졌는데

인기척을 느낀 소녀가 먼저 지나가라고 멈춰 서서
개를 가만히 쓸어주고 있다

희미한 달이 떠 있다

모두 눈이 멀지 않고서는 이렇게 차분할 수 없다

갈등의 구조

거기…
공 좀 던져주시겠어요

족구장을 지나면
철봉에 몸을 감는 사람이 산다

날마다 이 시간에 와서
뱀처럼 몸을 꼬아 공중에 매달려 있다

저기 공 좀…
말보다 빠르게 공은 구르고

발 앞에 놓인 공을
나도 모르게
뻥,

차는 수밖에 없었는데

공이 날아가

철봉을 무너뜨렸다면

공은 튀어 날아가버리고

떨어진 뱀이
내 앞에서 꼼짝도 하지 않는다면

더 큰 환호의 소리가 족구장 쪽에서 들려온다

그는
똬리를 틀고 앉아
나를 노려보고

나는 덜그럭거리며 그에게로 쏟아진다

낮 동안의 일

오이 농사를 짓는 동호씨가 날마다 문학관을 찾아온다

어떤 날은 한아름 백오이를 따 와서
상큼한 냄새를 책 사이에 풀어놓고 간다

문학관은 날마다 그 품새 그 자리
한 글자도 자라지 않는다

햇볕이 나고 따뜻해지면
오이 자라는 속도가 두배 세배 빨라지고

화색이 도는 동호씨는 더 많은 오이를 딴다

문학관은 빈손이라
해가 바뀌어도 더 줄 것이 없고

문학을 쓸고

문학을 닦고

저만치 동호씨가 자전거를 타고 오고 있다
갈대들 길 양쪽으로 비켜나는데
오늘은
검은 소나기를 몰고 온다

문학관을 찾은 사람들이 멍하니 쏟아지는 비를 보고 있다

지붕 아래 있어도 우리는
젖는다

구례

당숙은 입담이 좋은 사람이었다
어린아이에게도 말을 조리 있게 하여 궁금증을 풀어주
셨다

당숙이 오시면 구례가 오고
묵직한 어떤 사건이 뒤따라오는 것이다

아이는 알았다
구례에는 지리산이 있다는 걸

그 산은 검은빛을 띤 곰처럼 앉아 있다가
흰 눈 맞은 호랑이의 능선으로
변한다는 것도 알았다

한밤중에 깨어나면 당숙이 묵어가는 사랑방에 불이 켜져
있었다

여수에서 구례까지 철로 위를 달린다
한 사람이 가는 일은

기적 소리를 앞세우고 가는 것이라는 생각을 하며

구례구역은 평온하다

아무 일 없이 햇볕이 내리쬐고 있다

죄라고는 큰 산 아래 산 죄밖에 없다며
모질게 참아온 눈꼬리들 축축하다

죽은 당숙의 귀가
아직 열려 있을 것 같은데

어디서 스무발이나 서른발쯤
총소리가 들려온다

흰 벽에 걸려 있던 검은 폴라티가
축 늘어진다

이번 생(生)은 기린입니다

　기린은 앞다리를 양옆으로 펼치고 우스꽝스럽게 서서 물을 먹습니다 어느 날 불편한 자세로 물을 먹다가 사자에게 심장을 바치게 되었는데요 그로부터 기린은 숨을 멈추고 보이지 않는 곳을 바라보는 버릇이 생겼습니다 하늘 아래 눈 둘 곳은 키 큰 나무와 날아가는 독수리의 발톱뿐 기린의 뒷발차기는 사자의 머리통을 깨고도 남음직합니다 어느 날 사자로부터 새끼를 지켜내려다 그만 새끼를 뒷발로 차서 날려 보내기도 합니다 초원에 빨간 꽃기린이 피어난 날이었어요 독수리가 발톱을 세우고 여기저기 꽃을 따 먹고 있습니다 기린은 긴 목으로 상대의 목을 부러뜨릴 수도 있다는군요 수컷 기린 두마리가 갈고리처럼 엉킨 목을 풀고 있습니다 싸움에서 이긴 기린이 암컷에게 다가갑니다 기린이 짝짓기하는 장면은 불편하기 짝이 없어 보입니다 기린은 기린이고, 기린 역시 물을 먹지 않고는 살 수 없으니까요 기린의 혀는 시시때때로 하늘을 핥아주어야 합니다 기린이 기린임을 증명하듯 기다란 목을 빼고 가시나무 잎을 먹는 중입니다 사자가 다가가고 있군요

처서

꽃뱀은 뒷다리부터 냉큼 삼킨다

벌릴 수도
다물 수도 없는 입을
커다란 황소개구리가 틀어막고 있다

죽음을 무릅쓰고
누가 나를 낳고 있는가

고요하다

피 터진다

눈알 네개가 애원하듯 쳐다보지만

돌아가기엔 이미
늦다

살구

꽃나무는 탈춤을 추는 사자 같고

아기는
오늘 두돌을 맞았다

어디에 이렇게 많은 말을 숨기고 있었는지
쉴 새 없이 말을 쏟아낸다

마당으로 내려선 아기는 꽃을 가리키며 꽃나무 속으로 빨
려 들어간다

흙마당에 그림을 그리며 놀던
옛 아이들이 와서
뾱뾱이 신발 뒤를 쫓아다니는 것 같다

지붕 위에 누가 앉아 있기라도 한 듯
십년 넘은 개가
공중을 보고 짖는다

수년째 아이가 태어나지 않는 마을

오랜만에 사람 사는 집 같다고
수런거리며 빈 유모차를 밀고 가는 늙은 여자들

꽃나무 담벼락을 돌아
사라져간다
천천히 풀어야 할 수수께끼처럼

조용한 가족

형은 다 자란 새처럼
둥지 안에서 사나워지고

아빠는 점점 근엄한 아버지가 되어갔다

에든버러의 갈매기는 참 이상하구나
왜 바다를 떠나
지붕에 둥지를 틀었을까

엄마는 빵에 버터를 바르며 달콤한 말을 섞지만

그날 밤 고양잇과 동물처럼 갈매기들이 울어댔고
형과 아빠는
으르렁거리다가 잠들었다

창문을 열어보니
배낭을 내던지듯 갈매기들이
새끼를 던진다

창을 오르내리며 소란스럽게
쫓고 쫓기는 연습을 한다

형이 예고 없이 사라졌지만 찾으러 나서지는 않았다

사방이 조용해지고
빈 둥지 속
시간이 흐른다

형은 바다를 건너가 더 멀어져가고

엇갈린
고양이와 갈매기처럼

서로의 말을 알아들을 수 없게 될 것이다

인간적인 너무나 인간적인

튤립이 튤립을
양파가 양파를

무밭이 무밭을 갈아엎는다

돼지가 멀쩡하던 돼지를
소가
젖을 문 송아지와 뿔이 솟은 성난 소를 끌고 가

산 채로
구덩이를 파고 묻어버린다

마스크를 쓰고
밥을 먹고

마스크를 쓰고
뽀뽀를 하고

명징한 햇빛 속에

우뚝 선 나무는
그림자가 더욱 골똘해지는데

그늘에 앉아 안경알이나 닦는다
해가 너무 밝으면 정신이 멍해져서

연두가 연두를
초록이 초록을
모란이 모란을 짓이겨놓고
가버렸다

사람이 사람을
자동차가 자동차를

죽음은 죽음이 덮쳐오는 줄도 모른다

순례

우간다의 우시장에 소를 내다 판다 소를 내려다볼 수 있
는 계단에 서서 소보다 큰 눈을 뜨고 보고 있다 소는 털이 하
얗고 반들반들 살이 쪘는데 주인은 비쩍 말랐다 온통 검다
눈의 흰자위만 구멍이 뚫려 있고 소는 그 구멍을 애타게 바
라본다 그렁그렁 눈을 돌린다 내가 아는 시인은 오일장을
떠돌며 나무를 판다 오늘 싣고 온 나무는 산을 닮았다 살아
천년 죽어 천년을 산다는 나무들에 그가 둘러싸여 있다 얼
기설기 뿌리를 싸맨 나무는 시인보다 더 살았을 거란다 우
연히 만난 주목나무를 마당 가운데 심는다 희미하게 산그늘
이 생겼다 이슬람인 압둘라 할렘씨는 한국 여자와 결혼했
다 딸 둘을 두었는데 아랍과 한국을 반반 닮은 얼굴이다 그
는 거울을 팔다가 하루 다섯번 엎드려 절을 한다 이마가 땅
에 닿을 때 입을 맞춘다 등은 하얗고 긴 의자 같다 의자 위에
파리 한마리 앉는다 뿌리째 떠돌면 나무도 두려움을 느낄까
요? 떠돌이 시인이 불쑥 묻는다 지는 해와 이른 달이 서로를
비껴가는 석양 무렵이다

세상에서 가장 큰 바위 이야기

할아버지,
왜 바위가 둥둥 떠다녔어요?

큰물이 져서 그랬제
어찌나 비가 많이 왔던지
계곡물 속에 바위 구르는 소리가 천둥 알 낳는 소리 같
았지

떼데구루루, 떼데구루루
벼락을 쳐대도
누구 하나 잘못했다 대꾸가 없으니

둥둥 떠다니던 바위가 산 중턱에 쿵, 내려앉았지

세상에, 이렇게 큰 바위가
떠다녔다고?
할아버지는 돌아가시고 없고

둥둥바위에 누워 구름을 탄다

손 하나 까딱하지 않아도 구름이 몰려왔다가 몰려가는 날
저 아래 논밭 사이에는
천둥이 낳아놓은 새끼 바위들

세상의 모든 바위는
말이 없을 뿐 생각을 할 줄 아는 바위

바위 속으로 들어가는 일은
의외로 쉽다

둥둥바위를 알려준 그 어른을 생각하거나
바위 속에 의자 하나 들여놓는 것

모든 이야기를 듣고 있는 바위

고럼! 고럼!
묵직한 소리가 들려온다

바위가 있다는 생각만으로도
단단하게
주먹이 쥐어지는 날

세상에서 가장 큰 바위가 하늘을
떠다닌다

맥락

삼촌의 소설은
아무도 거들떠보지 않는다
삼촌은 입을 가리고 웃는 버릇이 있다
이가 검게 썩어 있다는 환상에 사로잡혀 있다
병나발을 오래 불다보면
지금이 낮인지 밤인지
분간이 잘 안 되는
도무지 이해할 수 없는 삼촌이라는 세계
삼촌이 쓴 소설을 읽는다
나도 놀라고
엄마도 놀라고
가장 놀란 건 소설 속의 삼촌이다
삼촌은 죽은 스티브를
또 한번 목을 졸라 죽이고 있다
택시를 탄 삼촌은
후속작을 써야 한다고 조용한 곳으로
데려다달라고 한다
목적지를 잃어버린 삼촌
강을 따라 내려가며 택시 기사가 갸웃거린다

날개가 자꾸 자라나는
키가 마구 자라는
삼촌은 늙지 않는다
삼촌은 죽지 않는다
아무짝에도 쓸모없는 인간일 때
빛이 나는
삼촌은 영원히 완성되지 않는다

잠든 양들이 걸어다녔다

크리스마스 저녁에는 밤새 잠든 양들을 지켜보았다

한마리, 두마리, 세마리, 수액을 단 양들이 눈을 뜨고 누워 있다

커튼사이로눈이내리고반짝이는노란빛이내리고

맥박과 호흡이 거친

양들이 기적처럼 한꺼번에 곯아떨어진다

병실 복도는 십자로 갈다 흰 슬리퍼를 신은 천사들이 뒤꿈치를 들고 오간다 자정의 긴 복도를 지나가보면

그들을 왜 천사라고 하는지 알 수 있다 한움큼 어둠을 떼어내 솜사탕을 만들어 잠든 양들의 입에 넣어주고 있다

오늘은 크리스마스니까……

아프다고 소리를 지르던 나의 양도 두 손을 배 위에 얹고
새근거린다

양들이날고목동은기도를하고이제그들가운데서아기가태
어날차례다

머나먼 나라에서 캐럴이 들려오기 시작한다

한밤의 트램펄린

튀어 오르는 자의 기쁨을 알 것 같다

뛰어내리는 자의 고뇌를
알 것도 같다

트램펄린을 뛰는 사람들
트램펄린을 뛰는 사람들

종아리를 걷은 맨발들이 보이고
총총 사라진 뒤

달빛이 해파리처럼 공중을 떠돈다

아무도 없는 공터에
트램펄린이 놓여 있고

속이 환히 비치는 슈퍼문이 떠 있다

제 2 부

소나무 아래 종이비행기를 묻고

비행운

키 크고 마른 사람이
하늘을 날아다닌다

동에서 서로
남으로 북으로
우물 정(井)을 써놓고 갔다

파랑에
손을 적신다

나를 비행기 태워주던 사람

어릴 적 접질렸다는
팔꿈치는 날갯죽지처럼 튀어나와 있고

꿈속을 날아다니다
잠에서 깨면

먼 나라에 착륙한 것처럼

기분이 묘하다

소나무 아래
종이비행기를 묻고
발로 꾹 밟아주었다

웨이터의 나라

이곳의 법칙은 받아 적지 않는다는 것

웰던으로 익힌 티본스테이크 칠면조날개튀김 카르파초
기름을 적당히 두른 청경채 카베르네소비뇽
웨이터는 머리가 둘 셋 넷으로 늘어난다
눈동자가 유독 빛난다

주문하시겠습니까?

새우와 연어와 후추와 바다와 골목 향과 바질과 식초와
올리브

이 많은 주문을 어떻게 외우는지
그는 노련하지만
먹어보지 않아 맛을 모른다는 것

접시와 접시를 손가락 사이에 펼치고

웨이터가 온다

그릇과 그릇이 부딪고 스푼과 포크, 나이프와 나이프

정중하게
공손하게

테이블이 돌아가고

식사를 마치고 나가면 이 모든
기억은 와르르

여기서는 잊어버리는 게 생존의 기술이라는 것

조용히 꽁초를 밟아 끄듯
테이블을 엎고
새로운 판을 짜야 한다는 것

보아뱀과 오후

보아뱀이 바나나나무를 감고 올라간다

폭포에서 쏟아지는 물을 맞으며

엄마와 나는 발가벗고 기다랗게 누워 있다

발을 맞대고 한 몸이 되기 위해 태어난 사람처럼

그렇게 누워

내가 한뼘 길어지면

엄마는 한뼘 줄어든다

새들이 목청껏 지저귀는데

바나나나무 아래서는 아무 소리도 들리지 않는다

차례를 기다리는 보아뱀이 졸고 있다

꼭대기에서 떨어지는 보아뱀이 거품 속으로 사라지면

올려다보던 또 한마리가

바나나나무를 타고 올라간다

보아뱀은 자꾸 생겨나고 폭포는 계속 떨어지고

엄마는 자꾸 줄어들고

나는 이제 더이상 자라지 않는다

나란히 누워

보아뱀과 오후와 티브이만으로

아름다운 무지개를 만들 수 있는 세계를 궁리한다

집밥은 왜 질리지 않는가

당신은 무슨 일이든 뚝딱하는 사람
사람이 밥을 기다려야지 밥이 사람을 기다려서는 못쓴다
여기는 사람

밥하는 일보다 쉬운 일은 세상에 없다며
아이를 낳고서도 뚝딱,
밥 안치고 설거지를

너는
밥을 먹어주는 사람
먹어도 먹어도 질리지 않는 사람

밥 앞에서 단 한번도 왜,라는 질문이 없는 사람
슬슬 밥이 되어가는 사람

그렇게 십년이 지나갔다

정확하게 이십년이
삼십년쯤 쉽게 흐지부지 묻는다

집밥은 왜 질리지 않는가

서울에서 순천까지
국자를 들고
따라오는 별이 있다

도착하니
이미 밥상은 차려져 있고
밥이 사람을 기다리고 있다

저 왔어요
조금 늦었어요

입안에 밥을 물고
집밥은 왜?

평화로운 천국*

수천의 갈매기처럼
군중은 한곳을 바라보고 앉아 있다

한마디 변명도
자비를 바라는 중얼거림도 없는 침묵

한 순간의 정지,

소년은 아버지 가슴에 총알이 파고드는 것을 보고 있다

사진 속 늙은 여자가
시신 무더기를 뒤집으며 아들을 찾고 있다 아직도

* 미국의 종군기자 칼 마이던스가 『라이프』지에 1948년 여순사건
  에 관한 기사를 보도하면서 붙인 제목.

사라오름

사라는 눈부신 소복. 사라는 여자 이름. 사라는 무덤. 사라를 만나러 가자. 눈길. 눈ː길. 눈 말고는 아무것도 볼 수 없는 길. 아무 곳도 보이지 않는 길. 눈이 부시게 하늘만이 트여 있다. 푸르다 하늘. 흰옷 입은 여자. 사라. 까마귀를 부리는 여자. 사라. 너에게로 가는 길. 먼저 간 발자국들. 까마귀가 운다. 오라 오라. 앞서 나는 까마귀. 그를 따라서 간다. 까마귀는 눈이 부셔 까악, 까악, 우는데. 누가 마귀라는 이름을 붙여놓았나. 까악, 마귀야 친구 하자. 막막해서 까악. 억울해서 까악. 친구는 울음소리를 들어주는 사람. 봉우리에 까마귀를 풀어놓은 사라. 온통 하얀 세상. 사라에게로 오르다 내려오는 사람을 만났다. 죽다가 살아난 사람을 만났다. 혹시 사라를 아시나요. 하얀 사라. 하얀 바위. 하얀 나무. 사라가 있는 오름을 아시나요. 이정표가 눈에 묻혀 있다. 사라는 봉긋 솟은 봉우리. 사라는 잊히지 않는 꿈. 사라를 부른다. 바람이 나무에 얹혀 있던 눈을 날린다. 사라는 하얗고 둥근 방이다.

물의 때

갯벌 위 생명들 온데간데없이 사라졌습니다

물때표를 들고 온 사람이
벽에 표를 붙이고 갑니다

선조금 앉은조금 한조금 한매 두매 무릎사리 배꼽사리 가
슴사리 턱사리 한사리 목사리 어깨사리 허리사리 한꺾기 두
꺾기

여기 적힌 대로

섰다 앉았다
무릎 배 가슴 턱까지 차오르는 물을
용케 견디며

벅차게 하루가 지나갔습니다

뻘물 위로 어둠이 몰려드는 시간입니다

먼바다에는
겁도 없이 사람이 서 있고

한사리 지난 물이 때를 기다리고 있습니다

종일 보이지 않던
새 한마리
누운 배 위에 날아와 앉습니다

흰 까마귀가 있는 죽음의 시퀀스

까마귀들이 왔다
가까이
멀리
높게
낮게
마을을 돌다
가죽나무에
내려와 앉아 있다
어둠 속에 있지만
오직
눈빛만 반짝이는 것을
나는 보았다
그날 이후 까마귀는
끊임없이 운다
가까이
멀리
높게
낮게
마을을 돌다

울음을 그치고
이상하리만치 가만히 앉아 있다
여든일곱 어머니는 까마귀를
무서워한다
치를 떨자
푸드덕
쫓겨 가다가
무더기로 되돌아오는
까마귀떼
포승에 엮인
청년 여섯이
총부리 앞에 서 있다

살아남은 여자

노인의 말 속에 좁은 길이 보인다

어둠 속을 걷고 있는데
가느다란 빛이
보인다

백일을 굶었다는데도
흰쌀이 보인다

뚜벅뚜벅 걸어 나간
가족사진 속
이만하면 됐다, 말하는
저 노인이 앉아 있다

잔금 많은 손바닥에 꾹 눌러 쥐고 있는 것이 있다

이 마을 마지막 남은 노구(老軀)가 자꾸 아름다워져서
더이상 바라볼 수가 없다

저녁 무렵에는
목소리만 남게 된다

그러는 사이 별이 뜨고
하늘 구멍에서
연발 총소리가 반짝거린다

죽은 사람은 죽으면 그만이지만,

허물 벗은 매미 같은
노인이
조곤조곤

밤을 새워도 모자란다

김연＊씨 보호자님

새로운 이름이 올라오고
먼저 올라온 이름들은 전광판 밖으로 빠져나간다

이 세상에서 저 세상까지
저 너머에서 이 너머로

유독 이름 하나 제자리를 지키고 있다

해변을 지나다
눈에 띄는 돌 하나 줍듯

수술실 앞을 지나가다
우연히 호명되는 이름과 마주친다

흰 가운을 입은 사람들이 허둥지둥 자리를 빠져나간다

푸른 파도가 오고
푸른 파도가 오고

젖은 돌처럼 이름이
웃는다

푸르고 투명한

그 집
뒤란은 대밭이었어
추위에 무당벌레들이 방 안으로 기어 들어오는 집
사업에 실패한 마을 청년이
이 방에서 목을 맸다는 말을 듣고
작은 상에 잔 하나 놓고 너 한잔, 나 한잔
귀신을 달랜 밤
바람 소리 때문에
도무지 잠을 잘 수가 없었어
대밭을 통째로 들고 가
머리채를 휘젓는 바람
추수 끝난 들판을 돌며 울부짖는데
홀로 선
내 그림자는 가늘고 길어져
밤새 몇척이나 키가 자라던 그곳
그 집
뒤란은 대밭이었어
영원이 시작되는 지점처럼
환하게 뚫려 있는

검은 짐승의 눈빛과 마주칠 때

병명도 모르는 병을 오래 앓았다

아버지 등에
잠든 사슴처럼 늘어져
보리가 익은 샛길을 지나다녔다

디룽거리는 발이
이삭에 쏠려 아프다고 신음하면
달은 어깨 너머로 다가와 눈동자를 들여다보고 갔다

병원 냄새가 난다고 했다 달은
살아 있는 영혼을 조금씩 들이마시며 빛을 얻는 거라고

누가 몸에 들어왔어요,
아버지는 헛소리하는 아이를 놓칠까봐 두려움에 떨고

달은 이를 부딪다 달아났다

언덕 너머 손톱만 한 낮달의 눈이 매섭다

골목에는 검푸른 초록이 죽은 고양이처럼 누워 있고
아이를 염탐하는 푸른 달빛

저 아래 눈을 감은 것들은 왜 무엇에 취한 모습으로 잠드
는지

잠은 쏟아지고
누군가 아픈 몸을
후루룩 삼킬 것 같은 두려움

얼마나 많은 몸들이 내 몸을 다녀갔는지
어디를 쏘다니다 돌아온 것처럼 땀에 젖어 깨어나면

숨결에 달맞이꽃 냄새가 난다

달 언덕은 환하고
그 꽃 냄새에 취해

혼곤한 잠 속으로
잠 속으로
잠 속으로

어느새 나는 아이를 낳고 누워 있다

노란 아기 냄새
온 천지가 그 꽃으로 덮여 있는데

품 안에
들어온 달이
네 발을 버둥거리며 운다

제 3 부

타투 안으로 들어온 새

타투 안으로 들어온 새

부리로 톡, 톡,

새는 바늘 끝에 와서 논다

허물을 벗는 뱀처럼 나는 몸이 꼬였다

새벽을 깨우는 소리 들어봤니

저 소리는 아무래도 어둠의 파편이 튀는 소리야

새가 울 때는 다가서지 말아야 해

붓을 물고

그림을 그리고 있을지도 모르니

어깨에 푸르스름한

새 한마리

족적은 슬프고도 아름다운 문양이 될 거라며

톡, 톡,

위치와 좌표

의자는 두고 온다

짐을 꾸려 나올 때
밑으로 밀어 넣어두고 온다

의자는 며칠째 한자리에 묶여 있고
의자는 구겨진 종이비행기를 날리고

고개를 끄덕이며 졸거나
기지개를 켜며 등을 밀어내거나

육중한 엉덩이, 깜빡이는 커서, 질질 끌려다니던 다리

으드드득
으스러진 의자

한참을 날아가다 돌아보았다
따라오던 길이 사라졌다

의자는 새처럼 가볍고
의자는 날아오른다

바람에 데굴데굴 구르는 의자
모자 쓰듯 눌러쓰면 어디든 날아갈 수 있는 의자

의자의 날개
의자의 솟구치는 꿈

빙그르르 도는 의자

착지한다

바람의 바람

바람이 불지 않는 날에는
새도 날지 않는다

그 흔한 새도 날지 않는 날

바람은
한점 솜털
갈대 씨앗을 옮기고 있다

갯벌 끝에 나앉아 몸을 부풀리며 햇볕을 쬐는
검은 항아리들

저들도 바람을 기다리고 있지

오후에는
몸집이 큰 저 새들이
그들의 바람에 몸을 싣고 있다

사진가는 고개를 치켜들고 간격을 쫓아가는데

샛강에 항아리들이 떨어진다

아무도 모르는 곳으로
곤두박질친다

또 하나의 머리

머리 하나가 더 생겨난다
하나는 가방끈에 달고 다닌다
다른 하나는 뚝 떼어서
머리를 연구하는 의사에게 줄 것이다
나머지 하나로는 뭘 할까
속이 텅 빈 머리,
오늘처럼 비가 많이 내리는 날 바깥에 던져놓는다
빗소리가 참 좋다
네게 떨어지는 비의 리듬이 기막히다
빗물이 뇌수처럼 거기 고이겠지
의사에게 간 머리,
지독한 편두통을 달고 사는
너는 에탄올 속에 들어가 숨을 참고 살아 있다
지붕이 얇은 집
수주일째 비 내리는 책상에 앉아
아, 내게는 머리가 너무 많구나
머리카락보다 많은 빗방울을 세고 있는 머리가 보인다
이 방의 창은
종이 한장으로 막을 수 있는 크기

새끼손가락만 한 청개구리가 방충망을 늘이며
가뿐히 기어올라 있다

멀고 외로운*

낙타 안장에
가죽 주머니 싣고
우유는 출렁이고

유청 위
어른거리는 달
배고픈 양떼를 부르지

다리를 두번 접어
고꾸라지듯 앉는 늙은 낙타에게
사막이 말하네

오아시스 쪽으로 별이 지고 있다고

한방울
물을 찾아 떠나는 낙타 등에
흔들리는 사람

헐떡이는 낙타만 남아

걷고 걷네

흰
흰
모래 무덤에 박힌 쐐기들

가죽 주머니엔
치즈만이

누가 이 치즈를 먹을 것인가

* 로르카 「기수의 노래」.

여행의 목적

그것은 몹시 희박하다

어디니,라고 묻자
화장실이야
다음 날 다시 묻는다
피곤해서 좀 쉬고 있어요
자다가
밥을 먹다
그럴 거면 그 먼 데까지 여행은 왜 갔니

연락이 뜸해지기 시작한다는 거
시간과 장소로부터 점점 멀어진다는 거
모두에게 잊힌다는 거

흐르는 강물에
사람들이 엎드려 빨래를 하고 있다
때를 묻히고
다시 흔적을 지우고
빨래를 하려고 태어난 사람처럼 열심히 빨래를 하다가

물가에 엎드려 잠을 자고 있다

먼지를 일으키며 트럭이 지나간다
먼지를 들이마시며 걷고 걸어 도착한 곳은 흰 무덤이다

내려올 걸
그 높은 데는 왜 올라가니?
아무도 없는데 누가 묻는다

죽은 사람의 약력이 줄줄이 적혀 있다

두꺼비

너에게 꼭 보여주고 싶은 것이 있었는데
　한 보름쯤 먹여주고 해달라는 대로 다 해주고 비비고 뒹
굴다 죽여주고도 싶었는데
　왜 안 왔니
　왜 그렇게 안 오니

　너도 아는지 모르겠다
　기다림으로 간절해지는 목구멍의 피로를

　가늘게 길어지다가 퉁, 하고 끊어져버리는
　고무줄 같은 게
　마음이라면
　좋겠다

　물컹한 것을 손에 만지고도
　놀라지 않는다면

　오래전부터 지켜보아온
　거대한 무심으로

튀어라 벼룩

벼룩을 기른다 깊은 프라이팬에 나무 주걱으로 휘휘 저으며 벼룩을, 벼룩을 기른다 젖은 벼룩이 마르기를 벼룩이 눈뜨기를 기다린다 벼룩이 튀어 오르기를 기다린다 벼룩이 꿈꾸기를 기다리다가 벼룩을 놓쳤다 튀어 나가고 남은 벼룩을 쓸어 모은다 통통하게 살이 오른 벼룩들 죽은 듯 병 속에 있다 벼룩을 기른다 보이지 않는 벼룩을 기른다 벼룩에게도 영혼이 있어 이글거리는 불을 삼키고 부풀어 튀어 나간 벼룩을 기른다 내가 기른 벼룩은 늘 바깥이어서 알 수도 잡을 수도 없는 벼룩, 벼룩 한마리 다가와 투명한 창 안을 가만히 바라보고 있다

저 울음도 약이 된다고

약초 캐는 형을 따라 지리산 어느 산막에서 잤다 공짜 좋
아하면 형처럼 머리가 벗어진다는데 오늘은 나도 밥값은 한
것 같다 산막 주인이 눈에 불을 켜고 밭을 지키고 있다 휙 지
나가다 내 앞에 멈춘 짐승, 고라니다 까맣게 눈을 맞춘다 도
대체 고라니 때문에 농사를 해 먹을 수 없다며 군에서는 공
식적으로 포수를 놓았다고 한다 자정 무렵부터 한 여자가
운다 뒷산 어둠 속에서 들려오는 울음소리 사연이 절절하다
이불을 머리까지 뒤집어쓰고 뒹굴다가 새벽잠이 드는데 식
전 아침부터 소란이다 어찌 된 영문인지 상처 하나 없는 고
라니가 길에 내려와 목숨을 놓았다는 것이다 귀신인지 고라
니인지 나는 정신이 몽롱하고 며칠 산막에서는 뼈 고는 냄
새가 난다 고라니 뼈는 관절에 좋다고 형들이 긴 송곳니를
던지며 낄낄거렸다

그리운 눈사람

눈이 푹푹 내리면
버스가 끊긴 마을로 간다

여전히 나는 기다리는 것이 있고
바라는 형상으로부터 겨울이
함박눈이
어떤 이야기가
소리 없이 오고 있다

마중을 가보자
알 듯 말 듯 한 시간 속을
걷고 있는데
바람이 훅,
불을 꺼버리고

어둠은 어린 손을 꼭 쥐고 걷는다

눈 밟히는 소리
더 크게 들려오고

발소리는 점점 늘어나
눈 귀신이
다 따라붙고

무서워 앞만 보며
산 하나를 넘어간다
입이며 코며 눈썹을 덮는 눈

돌아올 수도 멈춰 울 수도 없는 곳까지 와버렸을 때

희미한 길 반대편에서
헛기침 소리 들린다

떠도는 눈보라가 보이고
쌓아 올리다 무너진 눈 덮인 탑이 보이고
지우다 쓰다 지우며 써 내려간 희미한 글씨들이 보이고

밤새 담배를 빨던 흰 손이
어둠 뒤쪽으로 빨간 불을 휙 던지는 게 보인다

오는 사람과
마중 나간 사람이
소곤거리는 건지
어깨를 기대고 흐느끼는 건지
서로를 안고 있을 때

나는 그들이 눈사람이라는 걸 알았다

셀 수 없이 많은 사람들이 기원을 알 수 없는 곳으로부터
앞을 향해 나아가고 있다

눈송이 하나에
눈송이 하나의 영혼

비틀비틀
다른 시간을 반짝이며
태어나고 사라지기를 멈추지 않는다

초파일에 비
여순사건 71주년

오늘은 부처님 떠내려가신 날이란다

할머니는 해마다 같은 말을 하신다

저 바위 앞에 한 여자가 웅크리고 앉아 있었지

손이 발이 되도록 자식을 살려달라고 빌고 빌었지

바위 속엔 부처가 있고 여자는 비를 흠뻑 맞으며 독개구
리처럼 꿈쩍도 하지 않았지

바위와 여자가 둥둥 떠내려가던 날

온 천지에 사람이 울고 개구리가 울고 난리도 그런 난리
가 없었다

다시 부처님이 오셨구나

얘들아 손 깨끗이 씻거라

비 그치면

앞산 그 무덤들이 눈썹까지 다가온단다

빨갱이

단풍잎 문신을 달고 나는 태어났지
흥미진진한 빨갱이의 나라에서 블라디보스토크까지
아버지를 만나러 가자
아버지를 만나러 가자
죽창과 완장과 붉은광장
레닌과 스탈린과 나도 모르는 모스크바
철 지난 베레모를 쓰고
차가운 금속성 입김을 뿜어내며
기차가 울고
쉭쉭, 김이 빠지고
멈추는 곳마다
죽은 군인들이 탔다
나보다 나이 어린 아버지를 닮은 군인들이 탔다
강은 흘러내리고
기차는 거슬러 올라가는데
어떻게 내가 아버지를 만나 함께 올 수 있겠니,
이젠 괜찮다고 어깨를 다독여줄 수 있겠니,
단풍 숲으로
단풍 숲으로

새가 지나가고

밤이 지나가고

기나긴 터널 속으로 느리게 기차는 달린다

동백꽃으로 관을 만들어

어깨에 멘 기차가

그 숲

타오르는 단풍나무 앞에 멈춰 선다

동행

혼자 걸을 수 없을 때가 올 것이다

발걸음 더디고
숨 가쁘다

천천히 둘러보며 사방을 찍은 영상을 보내오는데

지루해 보이는 내 모습과
산수유나무 아래 개 두마리

숨소리 호흡까지 다 보고 있었다

더디게 노인이 걸어올 때

저들의 사랑 청춘 이별이 가랑이 사이를 뚫고 달아난다

부축을 싫어하는 노인을 끝까지 기다려주는 일
오늘 내가 하는 일이다

골짜기에 가득 핀 산수유꽃은

자세히 보면

두차례에 걸쳐 피는 꽃이다

꽃 속에서 꽃 터지는 소리 요란하지만

바쁜 누구도

그 고요를 듣지 못한다

그 새는 하늘로 날아갔다

양해열 시인을 추모하며

　새는 강어귀를 좋아한다 깊은 물은 소리를 내지 않는다며
현자처럼 몇시간째 건너편을 바라보는 새도 있다 방금 도착
한 물, 새 한마리 날아와 앉는다 저 새, 젊은 새, 갸웃갸웃 이
쪽을 보고 있다 기분 좋으면 누나라 부르고 기분 내키면 오
빠라 우기던 새, 소리 크고 다리 기다랗다 가벼이 훨훨 날아
오른다 바다에 다 와가는 강 바닷물에 섞여들며 느린 유속
을 놓아버린다 이제 그만 돌아갈까 발을 떼는데 그 새, 어느
새 갈대 속에 숨어 와락 소리를 지르는 새, 누님아 강은 거슬
러 오르는 맛이지요, 물 위를 낮게 더 낮게 흰 새 한마리 앞
질러서 난다 새를 놓친 강줄기가 어둠 속에 희다

제 4 부

맑은 종소리가
천천히 네번 울린다

아무 생각

비탈에 서 있는 참나무들 바람에 요동친다

숨이 목까지 차오르는데

정상 부근 바람 소리가 마치 드릴 소리 같다

식물의 뿌리가 드릴처럼 회전하며 땅속을 파고드는 걸 밝혀낸 과학자가 있다는데

바위를 뚫는 뿌리 생각

내 머리에 나무가 자라고 있다

나무에 둘러싸여 있어도

배가 고프다

선암에서 송광까지 걷다가 보리밥 기다린다

아궁이 앞에 앉아

멍하니 불을 보고 있어도

저 드릴 소리

처음의 아이

처음의 아이는
잘 익은 복숭아로 온다
뽀뽀를 하며 달려드는 감미로운 입술로 온다
아이가 빛을 열고 세상으로 내려올 때
지구는
곧바로 여름으로 건너뛴다
아주 빠르게 걷는 이상한 할머니가 지나간다
아기가 입에 거품을 물면
비가 올 거라고
턱짓으로 빨랫줄을 가리키자
빨래는 새가 되어 날아가버리고
빗방울 쏟아진다
목욕을 마친 아기가 혼자 누워 공중을 보고 있다
무지개가 떠 있고
새들이 마른 빨래처럼 하얗게 펄럭인다
아이의 눈 속에 탐스러운
복숭아가 열린다
세상의 모든 말이
잘 익은 복숭아 속으로 들어가

옹알옹알
꿀물처럼 미끄러진다

상관숲

그 편백 숲, 뜨거운 햇볕, 계획 없이 두 사람의 여행은 시작된다 소설 속 인물들처럼 편백 숲 와상에는 객관화된 가족들이 군데군데 누워 있다 더위를 피하기엔 마찬가지로 덥지만 마스크를 벗기엔 충분한 거리다 둘이 잘 살아야 한다 엊그제 같은데 시간 참 빠르구나, 하나 마나 한 얘기를 하지 않는다 그냥 걷는다 상관이 점점 멀어지고 있다 오던 길로 돌아갈 수는 없는 일, 이런저런 생각을 하다 넘어질 뻔했는데 아들이 어깨를 꽉 붙잡는다 숙소 앞 덕진공원에는 연꽃이 만발해 있다 만발한 너와 함께 만발한 꽃을 보는 건 행운이라 생각하며 몰래 아들을 본다 한바퀴 도는 동안 너는 꽃속 신부를 보고 있다 연못을 덮은 그윽한 잎사귀가 세상의 모든 소리를 듣고 있는 것 같다

템플스테이 일주일

틈을 찾는 빛은 문이 열리기만 기다리고 있다 파리 한마리가 따라 들어온다 앵 소리를 내는 푸른 종이다 파리는 내 눈을 시험하는 것처럼 눈앞을 날아다닌다 한 방향으로 고요해진 집중을 방해받는다 참는다 참아낸다 그사이 매미만큼 자란 파리가 유리창에 앉아 있다 얄팍한 불경책을 접어 손 닿는 데 놓고 고심한다 나는 살생하지 않는다 이 책 저 책 파리는 마침내 모니터를 점령하고 커서를 갉아 먹고 있다 날마다 파리를 들여다보는 일이여, 파리는 물질과 형상 사이를 요리조리 잘도 비집고 다닌다 지나다닌 공중에 구름이 생겨나고 파리는 보이지 않는다 일주일째 보이지 않는 파리와 작별한다 돌아와 생각하니 우연히 만난 장면들이 내 안에 알을 낳았다 사람만큼 자란 파리 한마리, 눈에 불을 켜고 깜깜한 이불 속에 누워 있다

히말라야

할머니는
저 봉우리를 쌀이라 부른다

시인은 저 봉우리를 살이라 부른다

암벽을 오르는 소녀가
손에 하얀 가루를 묻히고 있다

점점
악착같아
내 영혼에도 회색 뼛가루가 묻기 시작하고

미끄러지다
나동그라지다

눈보라에 휩싸이는 히말라야

죽은 듯
엎드려 있던 소녀가

바닥에서 일어나

다시 빙벽을 기어오르고 있다

숨을 참는다

드높아지는 히말라야

장호항 갈매기

모자가 날아갔다

다가오지 마,
다가오지 마,

소리치며 날아갔다

코끼리를 삼키고
머나먼 나라를 꿈꾸어오던 모자가

절벽 끝으로 날아가 알을 품고 있다

허전해 뒷머리를 만지며 다리를 건너오는데
카약을 탄 일가족이
고개를 들고 손을 흔들어준다

아기였던 네가
아이를 낳았다는 소식이 온다

거기 있구나 아름다운 항구는 변함없이

장호항의 푸른 바다 냄새가 이곳까지 날아오고

흰 모자 속
배냇물이 마르고 있는

오늘의 갈대

수많은 검을 꽂은 듯

침묵이 팽팽하다

흔들리는 갈대는 베어버리기로 한다

짙은 초록 속에서 검은 옷을 입은 사람이 튀어나올 것
같다

점점 빽빽해진다

이렇듯 바람이 잔 날은 천일에 하루 있을까 말까 합니다

목이 마르다 아지랑이가 피어오른다

침을 삼키며 오랫동안 그 대열에 끼여 있으며 본다

새로운 이야기가 시작되지 않는 세상은

죽은 세상, 목숨 걸고

움직이는 것이 있다

날아가는 새가

날아가는 새를 낚아채듯이

거울의 이데아

거울은 무수한 귀를 달고 있다
나는 거울 곁에 비스듬히 서 있고

거울은 배고픈 사람처럼 바라보다가 기다란 네모 속으로
사라진다

매일 아침 옷을 입고
머리를 쓰다듬는다
거울은
대부분의 시간을 혼자 보내고

혼자 있다는 사실을 자각하지 않을 때 비로소
거울이 된다

밤의 유리창에 비치는 과묵한 정물
거울 속에는
얼마나 많은 겹이 들어가 있을까

이사 전날 전신 거울이

무수한 날의 밤을
포개 보인다

버리고 온 세간 옆에 서 있는 거울
모서리를 돌며 마지막으로 마주칠 때

거울은

오후 두시의 강한 햇빛을 받아내며
놀란 말처럼 날뛰고 있다

축제

희열에 들뜬 얼굴로
연은
중심을 출렁하며 절벽 아래로 떨어질 것처럼 줄을 놓아버
린다

이럴 때는 달려야 하는데
바람을 향해 전속력으로 달려본 적이 언제였나
안타까운 와중에

꾸물거리며 연이 올라온다

연실이 끊어질 듯 팽팽해진다

층층을 이루는 연들
개수를 셀 수 없을 만큼 높다랗게 올라 있다

현란한 한마리 동물 몸을 비비 꼬며 날아간다

저것은 살았나

고개를 젖히고 끝까지 쳐다보는 노인들
눈알 쏟아지겠다

다급하게 돌아보며
저리 비켜달라는 듯 손을 내저으며
연이 날고 있다

도무지 눈을 뗄 수 없는 저 많은 인파가
한가닥
연실을 잡고 있다

고양이는 다 알고 있어

졸다 깨다
라디오를 듣는

고양이는 다 알고 있어

쥐구멍을 드나드는 쥐가 지금
몇번째 저곳을 나오고 있는지

졸다 깨다 라디오를 듣는 고양이

낚아챈다

마당 가운데
쥐를 물고 와 놓아준다
죽은 듯
고요한 쥐

졸다 깨다 모르는 척
라디오를 듣는 고양이

아이가 왜 자꾸 가출을 하는지
엄마는 이유를 모르겠다고 한다

라디오는 잠시 전할 말씀을 전하러 가고

도망치면
다시 잡을 거고
가만있으면
이런 멍청한 쥐새끼?

한참 동안 그대로 있다

슬금슬금
쥐가 움직인다

새벽 네시를 알리는 맑은 종소리가 천천
히 네번 울린다

글을 짓던 선생은
어느 날
빵 만드는 선생을 찾아갔다
선생님 배가 고픕니다
선생은 본시 배가 고픈 직업이라고
빵 선생은
쉴 새 없이 빵을 만들며 말해주었다
글 선생은
이번에는 줄을 서보기로 했다
가는 곳마다 사람들이 줄을 서서 기다리는데
그중에는
배우려는 사람보다
선생이 더 많다
선생의 선생님이 돌아가셨다고
선생들이 모여 슬피 운다
선생은 선생님의 등골을 빼먹었을까
간을 내먹었을까
선생님 저는 단지 배가 고픕니다
집에 돌아온 선생은

선생님의 눈을 빤히 들여다본다
그 눈 속에
굶주린 선생님이 누워 계셨다
영원히 죽지 않을 것처럼
눈이 맑다

개와 손님

최대한 예의를 갖춰 손님을 맞이해야 한다
집을 방문할 사람이 있다는 걸
개가 알 리 없다
테이블보를 깔고
접시를 닦고 촛대에 초를 꽂는다
새 옷을 입고
넥타이를 고쳐 맨다
개는 꼬리를 흔들지 내릴지 고민하지 않는다
곁눈질하는 사람 곁에서
가만히 냄새를 맡는다
손님은
최대한 예의를 갖추며 웃고 있다
개는
물끄러미 본다
배웅하러 가는 동안 눈만 떴다 감는다
빈집에 남은 개가
스크린 바깥을 쳐다본다
큰 소리로 짖어댄다
이 영화는 개가 주연이다

운주사

이곳에선 세상을 떠도는 이를 중생이라 부른다더군

곳곳마다 죽은 동생이 서 있었어

담도 없고
싸움도 없고 높은 곳도 없이
누구나 서 있으면
부처가 될 것 같은 절 마당

누가
내 곁에 와서
사진을 찍고 있네

그도
나도
작은 돌부처도
웃네

곰이다

벌은 이백만번의 날갯짓으로 꿀 한방울을 얻는다는데

건강한 뇌는 하루 육천이백번 생각이 일어나고
일분당 여섯번 반

생각의 전환이 일어난다는데

나는 사람으로부터 한걸음
곰에게로 간다

사억만번쯤 날갯짓으로 모아놓은 꿀을 빨다가
벌떼에 휩싸인
곰을 뒤집어쓴다

터럭마다 쏘아대는 벌을 온몸으로 뒹굴며 달아나는

나는 곰이다
불곰의 시뻘건 똥구멍이다

흐르는 몸-삶-사랑

김수이

'분홍의 우주'의 운행 방식

남길순의 첫 시집 『분홍의 시작』(파란 2018)은 선명한 색감의 모호한 제목으로 눈길을 끌었다. 분홍의 시작(始作)이자 시작(試作), 시작(詩作)으로도 읽을 수 있는 내포의 불투명성. 풀어 말하면, 남길순의 첫 시집은 '분홍'으로 상징된 '나'의 아프고도 "환한 몸"(「생강나무 숲」)과 그 유래들인 "세상의 모든 숨은 신"(「귓밥 파는 밤」)의 첫 얼굴을 찾아가는 시도이며, 그렇게 되살린 '나'의 몸-삶의 경로와 뭇 생명들의 실상을 시로 빚는 작업이었다. '분홍'의 한 줄기인 '나'의 생성에 대한 생애사적이며 계보학적인 탐색에서 시작해 '나'를 새롭게 창조하는 존재론적이며 자기초월적인 시 쓰기로 나아가는 길. 남길순 시의 출발점에는 '나'의 수동적 생성에서 능동적 재창조로 나아가려는 목적이 은밀히 새겨져 있었다.

남길순의 시에서 '몸-삶'은 '분홍'으로 이미지화되면서 실체가 희미해지는 대신 육체, 생명, 욕망, 감정, 정신, 무의식, 영혼, 타자, 사회, 역사 등 '나'를 구성하는 모든 차원을 아우른다. 뒤집어 말해도 좋겠다. 남길순의 시에서 '나'를 이루는 모든 것은 각기 몸을 갖고 활동하면서 거대한 '분홍의 우주'를 형성한다. 살아 있고 살아 있지 않으며, 존재하고 존재하지 않는 모든 것이 아름답고 참혹하게 뒤얽혀 있는 '분홍의 우주'에서 '나'와 '너'는 동등하고, 서로 분리될 수 없으며, 홀로 고립될 수도 없다. 주체와 대상의 구별이나 인간과 비인간의 경계도 별 의미가 없다. '나'와 '너'는 동물과 식물과 사물과 천체와 귀신 등의 온갖 몸들이 흘러 다니며 합체와 해체를, 만남과 헤어짐을 거듭하는 몸-삶의 현장이 된다. 몸들이 끊임없이 이동하며 계속 다른 모습으로 출현하는 이 카오스적 생태계를 일부만 재구성해보자. "나는 기린을 타고 떠난 할미새/기차는 손을 흔들며 울던 기린"(「기린은 꿈처럼 가만히 누워」). "오늘은 늑대와 양을 반쯤 섞은/또다른 얼굴의 네가"(「U」) 오고, "나와 같은 몸을 쓰는/또다른 나"(「백야」)들이 "나로부터 달아나는 얼굴, 얼굴들"(「프로필」)을 배웅한다. "얼굴 없는 꿈이 거품처럼 떠도는/나를 입고 간 아이"(「마네킹 아이」)를 기억하는 "나는 줄을 끊고 나간 개를 찾고/개는 내 안의 밤을 떠돌고"(「오리온자리 찾기」), "옻을 먹은 수탉"의 "파닥이는 붉은 영혼 내 몸을 빠져나갈 때"(「붉

나무가 따라왔다」) "내 몸에 자신을 투사하며 영원을 꿈꾸던 새는 흔적도 없이 사라져버"(「소피와 루체의 대화」)리고, "누군가의 배 속에서 나는 이미 난생이다"(「푸른 곡옥 귀걸이」).

몸들의 비대칭적 교환과 공유가 자유로운 세계, 한 존재가 하나의 몸으로만 살 수 없는 세계에서는 은유와 환유의 경계도 허물어진다. 같은 것과 다른 것, 비슷한 것과 낯선 것, 가까운 것과 먼 것을 나눌 근거가 딱히 없는 까닭이다. '나'와 '너'가 같은 존재이자 다른 존재이며, 같은 존재일 수도 다른 존재일 수도 없는 '분홍의 우주'에서 확실한 것은 변화하는 몸들의 끝없는 운동성이다. 몸들의 무상(無常)하고 비대칭적인 흐름 속에서 남길순의 '분홍의 우주'는 몸과 몸의 교류에 의한 새로운 탄생을 격려한다. 압도적인 예는, 시 「복사꽃 통신」에서 어느 봄날에 '죽은 엄마'와 '살아 있는 나'의 "서로의 젖꼭지를 바꿔 달며" 자라는 '복숭아'이다. "나 근데 어릴 때 아버지랑 하는 거 봤어,/복숭아 한개 툭 던지면" '나'의 기원은 '나'보다 사후적인 것이 되고, 시간은 순서 없이 공존하며, 공간은 중첩되고, '나'와 엄마와 아버지는 경계 없이 흐르며 새로운 몸(복숭아)으로 해후한다. 오래전 아버지가 "흰 광목으로 정성스럽게 내 발을 감싸고/복숭아나무에 나를 묶"은 후 "뒤틀리고 작아진 발을 관 속에 넣고 못을 박"았던 일 역시 탄생을 위한 희생 제의로 볼 수 있다. 인간이 자연에서 타자의 몸(먹을 것과 생명)을 얻는 대신 자신의 몸을 내주는 신성한 농경 의식. 이렇게

하여 복숭아를 시그니처로 하는 '분홍의 우주'에서는 "미라
가 된 아이가 살아나고/나는 다시 키가 자"(「마네킹 아이」)라
며 "떡갈나무에/그네를 맨 집에서/내 몸에 싹이 돋는"(「그네
가 있는 집」) 재생과 신생의 축복이 계속된다. 한편 남길순의
'분홍의 시작(詩作)'이 보여주는 제의적 특성과 구술사의
문체는 현대사의 비극에 희생된 이들을 애도하고 남도의 토
속적인 숨결을 이어가려는 그녀의 열망을 반영하는 것이기
도 하다.

트램펄린과 사라오름, 성장이 중지된 세계

  '분홍의 우주'는 흐르는 몸-삶의 운행을 통해 "머나먼 나
라에서/머나먼 나라로"(「기린은 꿈처럼 가만히 누워」) 끝없이
나아가는 탄생과 성장의 우주이다. 그런데 남길순의 두번
째 시집 『한밤의 트램펄린』에서 우리는 뜻밖에도 몸이 줄어
들고 자라지 않는 현실을 보게 된다. 몸-삶의 흐름은 여기
저기에서 끊기고 막혀 있거나 기형적으로 분출한다. 현대의
인간이 온몸으로 삶을 생생히 체험하고 깊이 간직하는 능력
을 상실하고 있는 까닭이다. 더 높은 생산성이 아닌 단지 현
상 유지를 위해서도 계속 "새로운 판을 짜야" 하는 세계에
서 "모든/기억은 와르르" "잊어버리는 게 생존의 기술"(「웨
이터의 나라」)이 되었다. 살아가는 일은 점점 더 타인의 삶을

구경하는 간접경험으로 화하고, 지난 시절의 기억은 금세 쓸모없는 것이 된다. '나'와 '너'를 자유로이 흐르던 몸들은 급속히 활력을 잃고, 과거와 현재와 미래의 연결성도 어느 시대보다 느슨해진다. 인간의 윤리와 자연의 섭리마저 잊은 현대적 '생존의 기술'을 발휘할수록 현대인이 직면하는 것은 안락한 생존이 아니라 고통스러운 죽음과 소멸이다. 수많은 몸이 살아 움직이며 함께 '복숭아'를 키우는 '분홍의 우주'는 하루하루 쇠퇴하며 몰락한다. "갯벌 위 생명들 온데간데없이 사라졌습니다"(「물의 때」). "돼지가 멀쩡하던 돼지를/소가/젖을 문 송아지와 뿔이 솟은 성난 소를 끌고 가//산 채로/구덩이를 파고 묻어버린다//(…)//죽음은 죽음이 덮쳐오는 줄도 모른다"(「인간적인 너무나 인간적인」). "형이 예고 없이 사라졌지만 찾으러 나서지는 않았다//사방이 조용해지고/빈 둥지 속/시간이 흐른다"(「조용한 가족」).

남길순은 몸의 교류와 성장이 정지하는 현실을 다양한 측면에서 포착한다. 인간과 인간의 갈등, 인간과 자연의 단절, 자연의 붕괴, 태어나는 아이들의 가파른 감소, 인간 존재와 삶의 결정체인 '문학'의 왜소화 등이 여기 포함된다. 먼저, '분홍의 우주'가 황폐화하는 세계에서 '엄마'와 '나'는 아무리 가까이 있어도 생명의 운동을 이행할 수 없다. 시원의 에너지를 회복하려는 듯 폭포 아래 "발가벗고 기다랗게 누워" 마치 "한 몸이 되기 위해 태어난 사람처럼" "발을 맞대고" 있어도 "엄마는 자꾸 줄어들고//나는 이제 더이상 자라지 않는다". 현대문명의 파괴적 욕망과 체제를 상징하는 "보아뱀은 자꾸 생겨나고 폭포는 계속 떨어지"(「보아뱀과 오후」)는 것과 정반대의 상황이다. 또, '아버지'와 '나'는 아예 만날 수조차 없다. 만남의 불가능에는 가족사를 넘어 전쟁과 분단으로 점철된 현대사의 비극이 깔려 있다. 지난 세기에 터진 전쟁은 아직도 끝나지 않았고, 과거와 현재의 역사는 두동강 난 국토처럼 화해하지 못하고 있다. 혈육을 잃은 사람들의 상처도 치유되지 못한 채 아프게 벌어져 있다. 「빨갱이」에서 남길순은 아버지와의 만남이 개인적인 일을 넘어선 역사적 과제임을 절절히 피력한다. "단풍잎 문신을 달고" 태어난 '내'가 "흥미진진한 빨갱이의 나라에서 블라디보스토크까지/아버지를 만나러 가"는 길, 기차가 "멈추는 곳마다/죽은 군인들이 탔다/나보다 나이 어린 아버지를 닮은 군인들이 탔다/(…)/강은 흘러내리고/기차는 거슬러 올라가는데/어떻게 내가 아버지를 만나 함께 올 수 있겠니,/이젠 괜찮다고 어깨를 다독여줄 수 있겠니". 반도의 북쪽으로 가는 과거행 기차에서 '나'는 아버지를 언제 만날지 알 수 없는 여정 속에서 기차가 멈추는 곳마다 올라타는 "죽은 군인들"을 만난다. "나보다 나이 어린 아버지를 닮은" "죽은 군인들"은 망각된 역사 속 박제된 몸에 갇혀 공동체의 현재로 "흘러내리"지 못한다. 아버지도 그들 중의 하나이다. '내'가 "아버지를 만나 함께 울"며 "어깨를 다독여줄 수 없는 이유이다.

줄어들고 자라지 못하는 몸은 오늘날 자연과 인간에게만 국한된 문제는 아니다. 남길순이 보기에, 현실을 통찰하고 비판적으로 극복해야 할 문학도 성장하지 못하고 있다. 「낮 동안의 일」에서 남길순은 한곳에서 조금도 자라지 않는 '문학관(文學館)'을 알레고리 삼아 문학의 현재 역할을 꼬집는다. "문학관은 날마다 그 품새 그 자리/한 글자도 자라지 않는다". 과거의 문학을 선별·정리해 고정된 형태로 전시하는 '문학관'은 얼핏 '문학이 안치된 관(棺)'의 의미로 다가오기도 한다. "날마다 문학관을 찾아"오는 농사꾼 동호씨의 오이가 햇볕에 쑥쑥 자라는 것과 뚜렷이 대비되는 모습이다. 동호씨는 갓 수확한 오이를 자주 푸짐하게 들고 와 문학관에 주고 가지만, "문학관은 빈손이라/해가 바뀌어도 더 줄 것이 없"다. 자연의 넘치는 생명력과 혜택, 농사꾼의 값없는 나눔, 이와 비교되는 문학의 현재에 대한 남길순의 자의식이 담담한 말투 속에 쓰라리다.

몸-삶의 흐름이 끊기고 성장이 정지된 세계에서 삶의 체감은 살아 있음보다는 죽어 있음에, 얻음보다는 잃음에, 자기실현보다는 자기박탈에 더 가까워진다. 남길순은 현대사회의 인간을 "아무도 없는 공터"에서 홀로 "트램펄린을 뛰는 사람들"에 비유한다. 살기 위해 필사적으로 뛰는 사람들. 높이 "튀어 오르는 자의 기쁨"과 바닥으로 "뛰어내리는 자의 고뇌를/알 것도 같"(「한밤의 트램펄린」)지만, 남길순은 우리가 같은 욕망에서 비롯된 다른 행위들에 투신하느라 삶을 소모하고 있다고 말한다. 각자의 삶의 트램펄린에서 비상과 추락을 반복하며 사람들이 도달하는 곳은 알다시피 결국 제자리이다. 사물 트램펄린의 장소적 변주인 '사라오름'도 현대인의 무용하고도 가혹한 반복의 삶을 투사한다. '살아 오름'으로도 읽히는 '사라오름'으로 가는 길에 일어나는 일은 죽음을 떠올리는 '까마귀'를 만나거나, "오르다 내려오는 사람"을 만나고 "죽다가 살아난 사람"(「사라오름」)을 만나는 것뿐이다. 자기파괴적 생존이 일상화된 현대인의 불행한 서사는 계속된다. "어느 날 불편한 자세로 물을 먹다가 사자에게 심장을 바치"고 난 후 "숨을 멈추고 보이지 않는 곳을 바라보는 버릇이 생"긴 '기린'(「이번 생(生)은 기린입니다」)처럼 '나'는 단지 살아 있기 위해 몸속 깊이 착취당하고 이 참사를 견디기 위해 다시 스스로, 수시로 죽는다. 육체의 죽음과 내면의 죽음, 존재 자체의 죽음, 사회적 죽음 등은 현대인에게 더이상 구별하기 어려운 것이 되었다.

남길순이 이번 시집에서 강조하려는 바는 '분홍의 우주'의 완전한 몰락이 아니다. 현대사회에서 성장과 (재)탄생이 주로 현실과 불화하는 존재들의 고통스럽고 예외적인 사건이 되었다는 사실이다. 우리 세계에서 '성장'은 영원의 영적 차원을 향할 때나 삶의 특정한 목적이 없을 때 비로소 가능한 것이 되었다. 가령, '나'는 마을 청년이 목을 맨 집에서 술 한잔 놓고 "귀신을 달"래다 "영원이 시작되는 지점처럼/환하게 뚫려 있는" '뒤란'의 '대밭' 쪽으로 "밤새 몇척이나 키가 자"(『푸르고 투명한』)란다. 타자의 고통을 기억하고 애도하는 사람은 "잊어버리는 게 생존의 기술"이 된 사람과 정확히 대척점에 위치한다. "아무도 거들떠보지 않는" 소설을 쓰는, "아무짝에도 쓸모없는 인간일 때/빛이 나는" '삼촌'은 삶의 "목적지를 잃어버"리고 난 후에 "날개가 자꾸 자라나"고 "키가 마구 자"(『맥락』)란다. 쓸모도 목적도 없이 자라기만 하는, 실은 특정한 쓸모와 목적이 없기에 현실을 뚫고 자꾸-마구 자라는 '소설가'는 한곳에 붙박여 조금도 자라지 않는 '문학관'과 극단적으로 대조된다. 가족이라기에는 좀 멀고 남이라기에는 또 좀 가까운 '소설가 삼촌'은 자본의 논리에 시달리며 대중의 반응에 예민해진 오늘의 문학이 견지해야 할 균형 감각을 암시하는 것으로도 보인다.

기억하고 애도하는 사람, 쓸모없지만 빛이 나는 소설가는 '고통 없는 성장'을 좇다가 '성장 없는 고통'에 함몰된 현대사회를 우울하고도 유머러스하게 되비춘다. 진정으로 살아 있고 성장하기 위해서는 삶의 고통을 정면으로 마주하며 자기해체를 감내해야 한다. 현대문명을 '무통문명'*으로 규정

---

* 무통문명은 "'신체의 욕망'이 '생명의 기쁨'을 빼앗는 구조가 사회 시스템 속에 잘 정비되어 있고, 사회 구석구석까지 온통 스며들어 있는 문명"을 뜻한다. 무통문명의 내부에서는 '자기'를 붕괴시킬 만한 진짜 고통은 제거되거나 내면화되며, 인간의 생명은 신체의 욕망에 종속되어 점점 마비된다. 모리오카 마사히로 『무통문명』, 이창익·조성윤 옮김, 모멘토 2005, 27~33면 참조.

하는 마사히로에 의하면, 무통문명의 문제점은 인간에게서 고통에 맞서 자기를 해체하며 새롭게 태어나는 '생명의 가능성'과 그때 불현듯 찾아오는 '생명의 기쁨'을 사회 구조적 차원에서 무의식에 이르기까지 완전히 빼앗는 것에 있다.[*] 남길순이 다시 과거로 거슬러 올라가 만나는 '나(들)'와 '아버지', 수많은 정체불명의 몸들이 고통을 통해 강렬히 연결되어 흐르고 있는 장면은 이 점에서 매우 시사적이다.

병명도 모르는 병을 오래 앓았다

아버지 등에
잠든 사슴처럼 늘어져
보리가 익은 샛길을 지나다녔다

디룽거리는 발이
이삭에 쓸려 아프다고 신음하면
달은 어깨 너머로 다가와 눈동자를 들여다보고 갔다

병원 냄새가 난다고 했다 달은
살아 있는 영혼을 조금씩 들이마시며 빛을 얻는 거라고

* 같은 책 25면과 53면.

118

누가 몸에 들어왔어요,
아버지는 헛소리하는 아이를 놓칠까봐 두려움에 떨고

달은 이를 부딪다 달아났다

언덕 너머 손톱만 한 낮달의 눈이 매섭다

골목에는 검푸른 초록이 죽은 고양이처럼 누워 있고
아이를 염탐하는 푸른 달빛

저 아래 눈을 감은 것들은 왜 무엇에 취한 모습으로 잠
드는지

잠은 쏟아지고
누군가 아픈 몸을
후루룩 삼킬 것 같은 두려움

얼마나 많은 몸들이 내 몸을 다녀갔는지
어디를 쏘다니다 돌아온 것처럼 땀에 젖어 깨어나면

숨결에 달맞이꽃 냄새가 난다

달 언덕은 환하고

그 꽃 냄새에 취해

혼곤한 잠 속으로
잠 속으로
잠 속으로

어느새 나는 아이를 낳고 누워 있다

노란 아기 냄새
온 천지가 그 꽃으로 덮여 있는데

품 안에
들어온 달이
네 발을 버둥거리며 운다
　　　　　　　　　—「검은 짐승의 눈빛과 마주칠 때」 전문

　"병명도 모르는 병을 오래 앓"는 어린 '나'는 아버지의 등
에 업혀 밤낮없이 병을 치료하러 다닌다. 어린 '나'는 "살
아 있는 영혼을 조금씩 들이마시며 빛을 얻는 거"라는 '달'
의 속삭임에 놀라 "누가 몸에 들어왔어요"라고 비명을 지르
고, 그 옆에서 아버지는 "헛소리하는 아이를 놓칠까봐 두려
움에 떨"며 어린 '나'를 돌본다. "누군가 아픈 몸을/후루룩
삼킬 것 같은 두려움//얼마나 많은 몸들이 내 몸을 다녀갔

는지/어디를 쏘다니다 돌아온 것처럼 땀에 젖어 깨어나"고 "혼곤한 잠"에 빠져들기를 반복하다보면 "어느새 나는 아이를 낳고 누워 있다". 호되게 앓는 어린 '나', 아픈 자식을 간절히 돌보는 아버지, 어른이 되어 아이를 낳은 '나', 질병과 출산의 고통을 겪는 동안 '달'을 비롯해 '나'의 몸을 다녀간 무수히 많은 몸들. 이 시에서 우리는 시차 없이 공존하는 삶의 날들과 존재의 경계 없이 흘러 다니며 고통과 두려움 속에 앓고 회복하고 새로 탄생하는 몸들의 우주를 다시 만난다. 남길순이 첫 시집에서 '분홍의 우주'를 대체로 화사하고 행복한 곳으로 추억한 반면, 이 시집에서는 '분홍의 우주'가 치유와 성장과 (재)탄생을 위해 많은 고통을 치러야 하는 곳임을 명시한다. '검은 짐승의 눈빛과 마주칠 때'라는 이 시의 제목은 인간이 피할 수 없고 피해서도 안 될 삶의 고통과 두려움을 농축하고 있다.

'분홍의 우주'는 이 세계와 별개로 존재하는 곳이 아니다. '분홍의 우주'를 부정하고 파괴한 결과가 바로 우리가 봉착한 지금-여기의 세상이다. 이번 시집에서 남길순은 '분홍의 우주'를 복원하고자 하는 열망을 노래한다. "여전히 나는 기다리는 것이 있"어 '함박눈'이 내리던 옛날의 마을로 가노라면 서로 "어깨를 기대고 흐느끼"거나 "서로를 안고 있"는, "기원을 알 수 없는 곳으로부터/앞을 향해 나아가"면서 "비틀비틀/다른 시간을 반짝이며/태어나고 사라지기를 멈추지 않는""셀 수 없이 많은 사람들"(「그리운 눈사람」)을 만난다.

"다른 시간을 반짝이며" 생멸의 무한한 길을 함께 행진하는 사람들은 서로 의지하며 하나의 대열을 이룬다. 고통 속에서 존재와 삶 자체를 나누는(분할하고 공유하는) 이들의 근원적인 연결성은 인간이 만든 의미 체계로 설명할 수 없다. 끊임없이 보고 듣고 느끼는 일만이 가능하고 필요하다. 같은 맥락에서 남길순은 전쟁과 학살의 고통을 기억하는 일을 계속한다. "당숙이 오시면 구례가 오고/묵직한 어떤 사건이 뒤따라오는 것"이어서, '아이' 때의 눈으로 "죽은 당숙"을 생각하노라면 "어디서 스무발이나 서른발쯤/총소리가 들려온다//흰 벽에 걸려 있던 검은 폴라티가/축 늘어진다"(「구례」). '당숙'과 '구례'와 "묵직한 어떤 사건"을 구별할 방법은 없다. 인간, 자연, 개인, 사회, 역사, 시간, 장소, 삶, 죽음 등의 영역은 이들 각각에, 또한 모두에 녹아 있다.

「세상에서 가장 큰 바위 이야기」에서 남길순은 '분홍의 우주'를 다시 활성화하는 방법을 할아버지에게 들은 설화를 통해 알려준다. 현대문명이 분리해놓은 것들을 재통합하는 생각(기억)과 상상이 그 비결이다.

할아버지,
왜 바위가 둥둥 떠다녔어요?

큰물이 져서 그랬제
어찌나 비가 많이 왔던지

계곡물 속에 바위 구르는 소리가 천둥 알 낳는 소리 같
았지

떽데구루루, 떽데구루루
벼락을 쳐대도
누구 하나 잘못했다 대꾸가 없으니

둥둥 떠다니던 바위가 산 중턱에 쿵, 내려앉았지

세상에, 이렇게 큰 바위가
떠다녔다고?
할아버지는 돌아가시고 없고

둥둥바위에 누워 구름을 탄다

손 하나 까딱하지 않아도 구름이 몰려왔다가 몰려가
는 날
저 아래 논밭 사이에는
천둥이 낳아놓은 새끼 바위들

세상의 모든 바위는
말이 없을 뿐 생각을 할 줄 아는 바위

바위 속으로 들어가는 일은
의외로 쉽다

둥둥바위를 알려준 그 어른을 생각하거나
바위 속에 의자 하나 들여놓는 것

모든 이야기를 듣고 있는 바위

고럼! 고럼!
묵직한 소리가 들려온다

바위가 있다는 생각만으로도
단단하게
주먹이 쥐어지는 날

세상에서 가장 큰 바위가 하늘을
떠다닌다
　　　　　　　　——「세상에서 가장 큰 바위 이야기」 전문

　남길순에 의하면, 우리는 생명체는 물론 무생명의 견고
한 '바위'와도 얼마든지 합체할 수 있다. "바위 속으로 들어
가는 일은/의외로 쉽다"는데, "둥둥바위를 알려준 그 어른
을 생각하거나/바위 속에 의자 하나 들여놓는" 상상을 하는

것만으로 가능하기 때문이다. "세상의 모든 바위는/말이 없을 뿐 생각을 할 줄 아는 바위"이기에, 즉 바위도 생각의 몸을 갖고 있기에 일은 더 순조롭다. 할머니가 들려준 이야기 속, 여순사건 때 "손이 발이 되도록 자식을 살려달라고 빌고 빌"던 "여자가 웅크리고 앉아 있"던 곳도 이 "바위 앞"이었다. "바위와 여자가 둥둥 떠내려가던 날" "바위 속"에 있던 '부처님'도 함께 떠내려가고, "온 천지에 사람이 울고 개구리가 울고 난리도 그런 난리가 없었다"(「초파일에 비」). 큰물에 "천둥 알 낳는 소리"를 내며 둥둥 떠내려간 '수난'의 바위가 "세상에서 가장 큰 바위"가 된 속사정이 이제 밝혀진다. '그 어른'과 의자와 부처와 자식 잃은 어미 등의 수많은 몸이 들어 있고, 이 바위를 생각(기억)하고 상상하는 모든 이가 들어 있기에 이 바위는 세상에서 가장 거대해졌다. "세상에서 가장 큰 바위"는 그 자체로 단수가 아닌 복수이다. 더불어, "저 아래 논밭 사이"에 가득한 "천둥이 낳아놓은 새끼 바위들"도 모두 "세상에서 가장 큰 바위"가 될 가능성을 품고 있다.

다시 시작하는 '분홍의 우주'

"세상에서 가장 큰 바위"는 몸-삶이 자유롭게 흐르는 '분홍의 우주'의 다른 이름이다. "바위가 있다는 생각만으로도" 우리는 바위처럼 "단단하게" 주먹을 쥐고 다시 삶의 고난에 맞설 수 있고, 이 생각의 몸을 공유하며 "세상에서 가장 큰" 변화를 만들어 몸-삶의 흐름을 회복할 수 있다. 마사히로는 고통 속에 성장하는 생명의 능력과 기쁨을 빼앗는 무통문명에서 벗어날 방법으로 '조건 없는 사랑'을 제시한다. 그 핵심은 사랑하는 사람들이 문명의 총체적 속박에서 서로를 해방하며 함께 자유로워지는 것에 있다.* 남길순이 「세상에서 가장 큰 바위 이야기」의 결말에 쓴 "세상에서 가장 큰 바위가 하늘을/떠다닌다"라는 문장도 해방과 자유에 대한 갈망을 집약하고 있다. 이 거대하고 자유롭고 아름다운 비상은 그러나 생각과 상상만으로는 충분하지 않다. 삶을 새롭게 시작하기 위해서는, 고통을 기꺼이 감수하며 탄생하고 성장하는 '분홍의 우주'를 되살리기 위해서는 "목숨 걸고//움직이는" 행동과 실천이 반드시 필요하다. "새로운 이야기가 시작되지 않는 세상은//죽은 세상, 목숨 걸고//움직이는 것이 있다//날아가는 새가//날아가는 새를 낚아채듯이"(「오늘의 갈대」).

남길순은 이 시집에서 녹록지 않은 현실을 그려내면서도 '분홍의 우주'를 지탱하고 있는 가장 빛나는 존재를 행복하게 응시한다. "처음의 아이는/잘 익은 복숭아로" 오고, "세상의 모든 말이/잘 익은 복숭아 속으로 들어가/옹알옹알/꿀

* 같은 책 75면 참조.

물처럼 미끄러진다"(「처음의 아이」). "수년째 아이가 태어나지 않는 마을"에서 "오늘 두돌을 맞"은, "쉴 새 없이 말을 쏟아"내며 "마당으로 내려선 아기는 꽃을 가리키며 꽃나무 속으로 빨려 들어간다"(「살구」). 아이, 복숭아, 꽃, 꽃나무, 옹알거리는 말 들이 음악처럼 연결되어 흐르는 몸-삶의 풍경은 '생명에 대한 찬탄'과 '조건 없는 사랑'을 아무런 노력 없이도 즉각 경험하게 한다. 남길순의 '분홍의 우주'는 따로 존재하는 장소가 아니라, 다양한 차원의 수많은 몸이 끊임없이 만들어가는 생명의 흐름이며 사랑의 흐름이다. 서로가 서로에게 새로운 삶을 향해 나아가는 입구가 되고 출구가 되는 무한하고 자유로운 흐름. 남길순이 이번 시집에서 가족과 이웃, 과거와 현재, 개인과 역사, 설화적 세계와 현대적 일상, 기억의 삶과 망각의 삶 등을 넘나들며 우리를 초대하는 곳은 바로 이 생명과 사랑이 흐르는, 흘러야 하는 곳이다. 수많은 '너'와 연결된 '나' 자신(들).

金壽伊 | 문학평론가

사랑이 아니라면 저들이 어떻게 내게 올 수 있겠니?
나는 품을 더 늘려야겠다.

2024년 정월
남길순